EL JARDÍN DE LOS XOLOITZCUINTLES

Karen Chávez León

DINKreaders

ISBN 9798839782686
Independently Published

Impreso en los Estados Unidos de América
Editado por: DINKreaders

El jardín de los xoloitzcuintles

El ruido de los fierros moviéndose de un lado a otro dentro de un bote salpicado de mezcla, despertó a la pequeña aquella mañana. Su padre estaba a punto de salir rumbo a una nueva obra, esta vez no muy lejos de su casa. Unos cuantos rayos de sol se colaban a través de la cortina, a diferencia de cuando le tocaba trabajar al otro lado de la ciudad y a la niña le parecía que apenas se habían acostado cuando él ya se levantaba para irse.

Don Pedro dio la media vuelta y caminó unos pasos para empujar con la mano la manta que dividía en dos su casa. Su hija estaba acostada tallándose los ojos para desencamorrarse.

–¿Ya te vas papito?

–Levántate ya para que no se te haga tarde. Te fijas al

cruzar las calles. Cuando llegues de la escuela calientas los frijoles y las tortillas para que comas. No llegaré tan tarde porque ahora trabajaré aquí cerquita.

Se inclinó para darle un beso en la frente apachurrando sus ojos en señal de lo mucho que la iba a extrañar.

–Adiós mi Estrellita–, le repitió como cada día de trabajo al despedirse.

El hombre tomó su bote de herramientas y partió al lugar donde lo citaron en el antiguo camino a Xochimilco, en el pueblo de Tepepan.

Mientras concluía el plazo de espera, un grupo de hombres con ropas algo sucias, entre ellos Pedro, aguardaban junto a una camioneta que mantenía la ventana delantera abierta para que todos pudieran escuchar la radio. (*"–...cinco minutos para las ocho. Terminamos un programa más desde Tlalpan, Distrito Federal en este bonito año de 1987. Mis mejores deseos para usted y su familia el resto del día. Nos despedimos con este último tema; Tu cárcel de Los Bukis...La Tropi Q... Te vas amor, si así lo quieres qué le voy hacer tu vanidad no te deja entender que en la pobreza se sabe querer...–"*) Los conductores indicaron al resto que los siguieran cuadras arriba hasta la entrada del terreno donde prestarían sus servicios.

El recorrido finalizó ante una puerta de madera en la esquina del cruce entre la Avenida México y la Avenida San Pablo, se levantaba a ambos costados una barda de piedra. A cualquiera que intentaba seguir con la mirada el muro izquierdo, le faltaban ojos.

Una vez aprobado su ingreso, todos entraron seguidos del vehículo de cuatro llantas, mismo que se estacionó de manera que permitió la vista hacia cientos de metros cubiertos de pasto. Árboles, arbustos y flores se encontraban plantados a cualquier lugar que se les ocurriera voltear. Un olor similar al que desprende el pasto recién cortado se impregnó en el olfato de Pedro y sus pupilas se pintaron de ese verdoso color, que era el que predominaba. En medio de dos amplios jardines figuraba un largo camino de piedra que llegaba más allá de una construcción descuidada que aparentaba ser una iglesia.

–Señores: Soy el arquitecto Luis Medina, y soy el representante del Grupo Riobóo, encargado de llevar a cabo este proyecto. Cualquier situación que sus supervisores de cuadrilla no puedan resolver, diríjanse a mí o al ingeniero Sánchez aquí presente–, dijo tocándole el hombro al individuo que estaba a su lado. –¡Bienvenidos! Y procedan a integrase al resto de trabajadores. Enseguida les explicaremos los objetivos una vez que hayan sido asignados a su área correspondiente.

Llegó el momento de que Pedro caminara rumbo a la vieja iglesia. A cada paso que daba, oía un conjunto de graznidos cada vez más fuertes al grado de parecerle molestos. De pronto vio cómo un montón de patos de todos los tamaños venían caminando en su dirección, quizá porque habían confundido los botes que él y sus compañeros llevaban con recipientes que podrían contener su desayuno. *¿Y hora?*, pensó. Él había visto tal cantidad de aves en el cielo o en el canal, pero nunca en una casa, pues le habían dicho que trabajaría en una residencia y no en un parque.

Los patos les permitieron el paso cuando se dieron cuenta de que no era comida lo que llevaban sino; cinceles, metros, martillos, arcos, niveles, cucharas, serruchos y demás instrumentos inseparables de la mano de un albañil. Enseguida pudieron aproximarse al antiguo casco de la ex hacienda La Noria. El edificio formaba casi un rectángulo completo excepto por un pedazo en la esquina noreste que no presentaba ninguna construcción. Se notaba el hundimiento de algunas partes, pues de finales del siglo XVI a finales del XX la tierra ya le había dado su buenas sacudidas.

Un medio arco era lo que resaltaba a primera vista. Éste formaba parte de la Capilla de San Juan Evangelista. Al mirar de frente la hacienda vieron dos entradas. De derecha a izquierda la primera correspondía al templo y la segunda al acceso de las habitaciones. Al cruzar la segunda entrada observaron tres pasillos con columnas que rodeaban a un jardín donde siglos antes había una noria, que no era más que una máquina con una rueda con contenedores que servían para sacar agua. El artefacto era girado por un animal, y se podían encontrar varias a lo largo de la colonia en la época novohispana.

Algunos muros estaban incompletos, otros agrietados o descarapelados. Al parecer la humedad no se quedó ociosa en los siglos transcurridos, pues se dejaba ver con libertad a lo largo de la edificación. Después de todo, la hacienda estaba construida sobre tierras fangosas que durante años se habían permeado por el agua del lago de Xochimilco.

—Lo que tenemos aquí es una finca con problemas en sus cimientos. Hay partes hundidas por lo que tendremos que meter tubos de hierro de tres pulgadas que lleguen de la capa rocosa hasta los muros de piedra, y acomodarlos a dos metros de distancia entre ellos. Posteriormente colocaremos trabes sobre las paredes de manera que unan cada tubo. Además recubriremos aquellos techos que se hayan desplomado–, les explicó el arquitecto Medina.– Los elementos del inmueble serán reforzados pero preservaremos todos los detalles originales para que al final parezca que estamos frente a una casona de hace cuatro siglos a la que ni un terremoto como el de hace dos años mueva.

Los trabajadores se distribuyeron a lo largo de la construcción para llevar a cabo su labor. Lo primero era empezar a rascar los suelos para que pudieran encajar los cilindros que darían nuevo soporte a todos los cuartos.

Esa noche, como lo había prometido, Pedro llegó más temprano de lo habitual. Estrella, su hija, lo esperaba ansiosa. Pudieron pasar juntos un largo rato, inclusive compartir un pan de elote y un chocolate para la cena.

–Me fue re' bien mi'ja. Hubieras visto, había un jardinsote. Si lo vieras correrías y te tirarías en él. Ha de estar más limpio que nuestro patio. Está grandísimo el terreno, que es que es de una seño bien importante que compró esa hacienda para vivir. Ya está medio amolada, pero vas a ver cómo la vamos a dejar. Me va a ir bien hija, me va a ir bien–, le platicó a la par que le dijo dónde se encontraba la casa.

El segundo día Pedro ya no tuvo ningún inconveniente para llegar por su cuenta al domicilio. Llegó puntual y encontró que varios camiones con material de construcción como cal apagada, arena, madera, cemento, graba y tezontle estaban ya estacionados a las afueras. Los vigilantes lo recibieron como a cada trabajador.

Pedro ya sabía el área donde tenía que presentarse. Para ello tenía que recorrer los muchos metros que desde la entrada lo separaban del casco de la finca, pero esta vez tenía que hacerlo solo, sin la compañía de ningún compañero. Era él y su bote de herramientas. Por algún motivo una sensación extraña lo recorrió al mirarse frente al jardín del día anterior. No sabía si era su belleza que le producía admiración o la molestia que le causaría si de nuevo lo persiguieran los patos. Era como si las hierbas pudieran cobrar vida y lo capturaran entre enredaderas hasta lo profundo de sus raíces.

Esta vez los patos no fueron el problema, sino unos pajarracos que se paseaban lucidamente a la redonda. ¡Qué extraños le parecieron! Sobre todo por ese colorido penacho de plumas con figuras que se asemejaban a unos ojos. Pensó que tal vez era un fallo de su vista, consecuencia de los enredos en su cabeza que había tenido minutos antes de empezar a atravesar el jardín, sin embargo, se dio cuenta de que seguía cuerdo al escuchar los raros sonidos que emitían. *Hacen peor que patos*, es lo único que pasó por su mente y siguió su camino con el ceño fruncido.

El arquitecto le dio los buenos días al verlo y él no pudo esperar para expresarle su desconcierto.

–Oiga arqui, ¿pues qué esos animalotes los tiene siempre la dueña por'ay?

–¿Te refieres a los pavorreales?–, contestó sonriente.

Pedro asintió.

–Sí, ayer los guardaron porque nosotros veníamos, pero ya los mandó a soltar la jefa. Así que tengan mucho cuidado con ellos, con todos los animales que vean y, sobre todo con los xoloitzcuintles que son los que se pueden meter por todos los cuartos.

–¿Los escuincles?

–Xoloitzcuintles. Son unos perros, ya los verá. Por cierto, nada de patearlos, espantarlos, gritarles, nada de agresión contra ellos. Pero eso sí, pónganse abusados, hay que tener cuidado con una perrita que es medio brava. Si puede consígase una barita y láncela lejos, ya con eso se va.

Para Pedro resultaba cosa extraña que una persona tuviera semejante cantidad de animales metidos en su casa. Una situación así no era de su agrado. ¿Para qué iba a querer alguien vivir con unas criaturas ruidosas? Y lo peor de todo, ¿cómo es que le alcanzaba para repartir pan a todas esas bocas? Porque desnutridos no se veían. Con lo que a él le constaba sacar adelante a su Estrellita.

⚏⚏⚏⚏⚏⚏⚏⚏⚏⚏⚏⚏⚏⚏⚏⚏

El trabajo pesado comenzó a lo largo de los siguientes días. Las catorce habitaciones de la hacienda estaban siendo intervenidas, así que los martillazos resonaban de pared en pared. Las palas transportaban toda la tierra que era necesario mover.

A Pedro le tocó trabajar después en la que fuera la antigua cocina de la finca. Únicamente se conservaba una parte original al fondo, quizá donde antes se encontraban los quemadores o el lavabo. Todo ese muro estaba recubierto con talavera de Puebla de color azul y blanco con figuras que realzaban su peculiar hermosura que en fragmentos quedaba opacada por el polvo y el cemento que volaban por el cuarto.

Las semanas seguían transcurriendo. En uno de esos días en que el sol estaba a quema ropa, se dio la instrucción a Pedro de que, aprovechando su habilidad con los acabados, subiera al techo. La construcción atesoraba en su cubierta algunas cúpulas. Le dijeron que así lo habían decidido los frailes franciscanos, que alguna vez vivieron ahí. Una de ellas adornada también con talavera, así que su cometido era restaurarlas sin modificar ningún detalle significativo.

Pedro estuvo trepado durante algún tiempo, cincelando y cincelando cuidadosamente, generando en el caparazón delgadas picaduras, atendiendo que cada golpe que el martillo le diera al cincel dibujara una línea derecha.

Desde esa altura, cuatro metros que en promedio tenía cada habitación, la vista era impresionante. Por fin sintió que podía abarcar la totalidad del terreno, incluyendo el jardín que tanto había llamado su atención se mostraba magnificente. Desde ahí vio a todos los animales que sentía como sus enemigos. Pronta fue su sorpresa cuando volteó al sur del edificio y vio un cerro, el Tzomolco. Le pareció curioso que no hubiera notado antes su existencia. No era gigantesco pero tampoco era diminuto como para no haberlo descubierto después de tantos días.

Como fuera, la montañita aumentaba el color verdoso de los alrededores. Comprendió que al desgajarse y desecarse había causado la sepultura de parte de la hacienda, además de haber hecho tronar sus bardas, pues ésta tenía pedazos de sus cimientos sobre las faldas del cerro.

Pero gracias al esfuerzo de unos ciento cincuenta trabajadores que estaban participando, entre ellos, albañiles, carpinteros, herreros y demás personal necesario, la envejecida hacienda iba a tener las bases para aguantar de pie un buen tiempo más.

⚏⚏⚏⚏⚏⚏⚏⚏⚏⚏⚏⚏⚏⚏

Una tarde, tras un día ajetreado, Pedro fue al rincón donde había conectada una manguera con la que podía lavar sus cachivaches. Se encontraba al fondo derecho de la capilla, donde terminaba el terreno y con él el jardín. El agua enjuagaba su cuchara cuando oyó unas leves pisadas a las que no les prestó atención. Siguió con el fratacho, la tabla plana que utilizaba para aplanar superficies, hasta que unos rugidos lo sacaron de su concentración. Extrañado se levantó de su posición inclinada y giró el cuello detenidamente. Así comenzó a vislumbrar una figura obscura en el suelo.

La mirada del hombre y la de un perro pelón se encontraron. *Es un perro roñoso*, pensó. Pedro sintió miedo, como si necesitara de un escudo para protegerse de una bestia. Creyó que la solución era tomar su pala para ahuyentarlo pero le quedaba a unos centímetros. Tenía que ser tan veloz como pudiera si no quería que eso encendiera la furia del animal.

Las palabras del arquitecto vinieron a la mente de Pedro; *"nada de patearlos, espantarlos, gritarles, nada de agresión contra ellos. Pero eso sí, pónganse abusados, hay que tener cuidado con una perrita que es medio brava"*. El can, a pesar de sentirse atemorizado demostraba su valentía y no daba ni un paso atrás.

Esta condenada perra me va a morder, se repetía. Decidió entonces extender rápidamente su mano hacia la pala para propinarle el primer golpe antes de que ella le lanzará una mordida. La criatura desembocó en ladridos cuando un llamado la tranquilizó de inmediato.

–¡Citlali!–, dijo con autoridad una señora, demostrando algunas pizcas de enojo, continuó. –¿Qué va a hacer usted?

El hombre se quedó pasmado, no pudo emitir ni sonido, ni movimiento alguno ante la presencia de tan imponente mujer.

–Que le quede bien claro. Soy la señora Dolores Olmedo. Esta casa es mía y de todos mis animales. A ellos no se les toca ni con el pétalo de una buganvilia, de una rosa, de lo que quiera usted. Ellos se pasean por donde quieren porque también es su hogar. Así que tendrá que trabajar cerca de ellos. Este es el lado del jardín favorito de Citlali. Si lo vuelvo a ver amenazándola, usted se va.

☖☖☖☖☖☖☖☖☖☖☖☖☖☖

Pedro llevaba días con mala pinta, iba a trabajar un poco desganado y malhumorado debido al incidente en el que se le había regañado por querer defenderse de una latosa perra pelona. Él se sentía inocente pues fue ella quien comenzó la agresión y solo respondió a las amenazas, sin embargo, fue él quien recibió toda la amonestación, nada más y nada menos que de los labios de la mismísima dueña y señora de la casa.

Aquel coraje le impedía trabajar a gusto, pero no se imaginó que las cosas empeorarían hasta que uno de sus compañeros le dio la mala noticia.

–¿Qué paso compadre? ¿Ya te enteraste de quién es el nuevo supervisor?

–No, y para lo que me interesa. Yo vengo a hacer mi chamba sea quien sea el patrón.

–Pues a ver si dices lo mismo cuando te diga quién es. Míralo ahí viene, es el Jacinto.

Jacinto era su viejo rival. Cuando eran compañeros habían tenido discordias porque él se había adjudicado importantes trabajos que Pedro había ingeniado y con ello había obtenido su ascenso a supervisor. Antes de eso habían tenido una buena amistad pero todo había acabado cuando ocurrieron tales sucesos. Ahora, aprovechándose de su nuevo puesto de supervisor, Jacinto le empezó a cargar la mano a Pedro como si él hubiera sido el que había cometido la traición.

No existía persona que hiciera sentir a Pedro más humillado que ese hombre, que lo tratara como si fuera tan poca cosa. No fue sorpresa que los problemas se le comenzaran a juntar. Jacinto verdaderamente se esmeraba en hacerle la vida de cuadritos, le echaba culpas falsas y no le dejaba concentrarse para hacer bien su trabajo. Para Pedro ni siquiera resultaba opción ir a quejarse con los jefes, pues de una u otra manera el negligente supervisor siempre hallaba la forma de salirse con la suya.

Tantas veces le hizo quedar como el causante de los males que ya ni se molestó en malgastar esfuerzos perdidos, creía que jamás se le haría justicia. Prefería poner esfuerzo en su quehacer y tragarse su rabia. No hubo día hábil en que Jacinto no le hiciera una jugarreta. Pero fue un altercado el que transformó la situación.

Jacinto colocó la plumada de Pedro, ese hilo grueso de doble punta que utilizaba para hacer visibles los trazos imaginarios necesarios para elevar muros o pintar aberturas, en el piso para hacer tropezar a unos empleados que llevaban un cargamento de piezas de cerámica con destino a las bodegas. El culpable evidentemente fue señalado como Pedro. Al preguntarle si le pertenecía el instrumento no pudo negarlo. Él ya sabía que se trataba de una canallada de Jacinto. De hecho, la resolución lo alivianó, pues lo trasladarían a la construcción de adelante, y ya no estaría bajo las órdenes del mismo supervisor.

La nueva área de trabajo era el levantamiento de una planta casi con forma de ele con diversos cuartos que fungirían como bodegas, talleres u oficinas para el personal que se requiriera para la visión de la señora Dolores Olmedo, que era convertir aquel precioso sitio en un museo que difundiera al pueblo de Xochimilco, de México y del mundo, el diverso arte que a lo largo de su vida se había dedicado a coleccionar. Fue adquiriendo poco a poco,

Como se trataba de una construcción completamente nueva e independiente de la hacienda, resultó un trabajo un poco más liviano, así que otra vez se le notaba con buenos aires. A un costado de donde trabajaba había unas estancias provisionales que según decían correspondían a la vivienda en donde la dueña vivía por el momento mientras del otro lado le estaban construyendo una nueva casa.

–Yo que la doña, me hubiera ido a un hotel. Pus ¿no que tiene tanto dinero? Se ve muy finolis, muy finolis, con esos collarones y esas joyas que trae puestas desde las diez de la mañana.

–Si dicen que es bien buena gente. Yo la otra vez estaba platicando con uno de sus sirvientes y dice que es bien amable. Que también salió desde abajo, que su mamacita era una profesora que trabajó duro para darle sus estudios, pero que se casó bien jovencita y como el marido luego no le quería dar lana, tuvo que machetearle duro. Que vendía cremas, tortas y luego empezó a hacer tabiques hasta que puso su empresa. Tons empezó a juntar un chorro de dinero, hasta que le alcanzó para comprar esta casa. Primero compró la hacienda y poquito a poquito fue haciéndose de los terrenos de junto–, le comentó uno de sus ahora compañeros de cuadrilla.

⚏⚏⚏⚏⚏⚏⚏⚏⚏⚏⚏⚏⚏⚏⚏

En una de las horas de comida de los avanzados meses que llevaban trabajando, Pedro comía los típicos tacos placeros que facilitan la vida de los trabajadores de obra negra. Unos muchachos del Instituto Nacional de Antropología e Historia, que asesoraba el proceso de reparación y remodelación, estaban reubicando algunas piezas de arte. Se encontraban resguardadas entre cartón y hule burbuja, pero dos asomaban sus cabezas planas.

–Aguas con sus cuadros joven, no se le vayan a ensuciar–, les advirtió el albañil.

–Muchas gracias. Es que lo querían saludar Digo y Frida.

Aquel comentario hacía referencia a las obras que no estaban cubiertas en su totalidad, se trataba de dos bocetos hechos por el pintor Diego Rivera. Uno lo había hecho en 1953 y era un homenaje a su esposa Frida Kahlo, y el otro era un autorretrato firmado para Lola Olmedo en 1936. Ambos formaban parte de la amplia colección de doña Dolores, quien se dedicó a adquirir obras de arte del mismo maestro, de su primera esposa Angelina Beloff y de la famosa uniceja Kahlo. Por no mencionar la vasta cantidad de artesanías mexicanas, así como piezas prehispánicas de las que cuidaba y deseaba compartir con todos.

Una calurosa tarde Pedro conoció, cerca de su área,

a un jardinero de apodo el Candado. Tenía un semblante algo gruñón pero simpatizaron bien. Aunque no lo pareciera, al hombre le apasionaba su oficio. Amaba con fervor toda la flora que habitaba en el terreno y podía pasar horas platicándole al albañil de cada especie vegetal con que contaban. Descubrió que había ahuehuetes, magueyes, tepozanes, ahuejotes, nopalillos, floripondios, piñones, fitolacas, naranjos, limoneros, granados y el bonito macpalxochitl o árbol de las manitas, con sus rojas flores que parecen manos.

A Pedro se le hizo fácil arrancar un limón para su taco, pero Candado le explicó que si la señora Olmedo se enteraba, seguro lo ponía de patitas en la calle porque le molestaba profundamente que arrancaran frutos u hojas sin su permiso. Ella generosamente les podía regalar cubetas llenas si querían, pero siempre que respetaran a las plantas y tuvieran su autorización.

Como algunas personas son bastante tercas, entre ellas Pedro, cada que nadie lo veía arrancaba un limón para agriar su comida y el limonero solo pudo librarse de él cuando transportaron al albañil al área de la troje, justo en la entrada del predio.

≙≙≙≙≙≙≙≙≙≙≙≙≙≙≙≙

Pedro cruzó otra de tantas veces el corredor central

hasta la troje, una edificación similar a un granero que se dividía por medias bardas. En su lugar se construirían algunas salas de exposiciones, un restaurante con terraza y una tienda para vender artesanías y recuerdos del futuro museo.

El ingeniero Sánchez pasaba la mayor parte del tiempo de ese lado del terreno supervisando y apoyando a sus muchachos. No faltaba su grabadora para ambientar y hacerles pasar un rato más agradable, servía para que se relajaran y de paso se inspirarán para ponerle más empeño a la obra.

–Ahí hay un enchufe mano, conéctate la grabadora–, le pidió un compañero a Pedro. Él fue y prendió el aparato, las estaciones de radió comenzaron a escucharse sin convencerlo de dejarlas correr. – *"...Si no es ahora, será mañana. Nos juntaremos en un camino. Si no es ahora..."* –, interrumpía cambiándole a cada canción que no le gustaba. –*"Y a continuación el éxito del momento del Sol de México; Ahora te puedes marchar... Si tú me hubieras dicho siempre la verdad, si hubieras respondido cuando te llame..."* –, por fin encontró una melodía de Joan Sebastian que no le desagradaba escuchar, incluso tararear. – *"De un tiempo a la fecha, te encuentro cambiada..."*

–Súbele Pedrito, esa está buena.

Al albañil no le agradaba que desde ese ángulo del terreno pudiera ver todo el tiempo a los perros vagar por ahí. Seguido se quejaba y hacía comentarios sobre su fealdad. Creía que estaban defectuosos, enfermos, roñosos, y paradójicamente, pulgosos. El ingeniero Sánchez le dijo que no tenía por qué odiar a esos animales, que últimamente ya se tomaba más conciencia de su valor porque vivían en estas tierras desde mucho antes que llegaran los europeos. De hecho, los estudiosos reconocían cuatro tipos de perros prehispánicos; los techichis o perros mudos; los tepezcuintles o perros de monte; los itzcuentepotzoltlis o perros jorobados y los xoloitzcuintles o perros pelones, que eran los únicos que no se habían extinguido.

–No tienen roña, Pedro, así es su piel–, le explicó el ingeniero Sánchez. –Se pensaba que eran de sangre más caliente que otras razas, pero en realidad dan esa impresión porque tocamos directamente su piel y no el pelo que conserva el calor separado. Doña Lola los ama con locura. El pintor Diego Rivera le regaló una pareja en los años cincuenta. Se llamaban Xolotl y Citlali, y ahora vive aquí toda su descendencia.

No todos eran iguales, ni en el físico, ni en su manera de comportarse. Unos eran altos, otros chaparros, unos más claros y otros más obscuros. Sus copetes se acomodaban diferente en cada cabeza y algunos no lo tenían. En la punta del rabo unos lucían un mechón. Mientras que unos no se estaban quietos, otros parecían ser muy serios. Los más viejos tenían erupciones en la piel, reflejo de su edad, que parecían verrugas. Era una gran variedad la que había entre Xocolatl, Eréndira, Citlali y Xolotl hijos, y otros más.

–Esa Citlali me cae re' gorda–, opinó Pedro.

–Es un hombre muy bonito. En nahuatl significa estrella–, le contestó el ingeniero.

Pedro no supo qué le provocaba exactamente enterarse de que su hija se llamaba como una perra que no le caía nada bien. Tan solo decidió omitirlo y regresar a su trabajo.

⚗⚗⚗⚗⚗⚗⚗⚗⚗⚗⚗⚗⚗⚗

Pedro continuó el nuevo año en el levantamiento de la casa que pronto estrenaría doña Dolores Olmedo. La construcción tenía que edificarse conectada de un costado con la parte trasera de la vieja hacienda, pero ésta tendría el pavimento más elevado que la otra. Los planos indicaban un descanso pegado a la finca, al que se ascendía por unas escaleras de más o menos cuatro escalones. El lugar se pensó con un balcón para tomar un poco de aire con una puerta que daba acceso a la futura casa.

La entrada principal se encontraría más adelante con unas escaleras arqueadas que llevarían a la puerta. Los trazos eran sencillos pero los adornos de piedra que le darían, la harían lucir realmente acogedora. También se incluirían unas habitaciones para la servidumbre de la señora y otros cuartos del extremo trasero de la vieja casona se aprovecharían para instalar casetas de vigilancia o más bodegas.

La única desgracia fue que Jacinto había sido momentáneamente asignado a esa área. Era como si persiguiera a Pedro, así que de nuevo, tenía que enfrentarse a las maldades que la hacía pasar.

–Me trata como perro–, se decía Pedro con cólera y dolor.

Los animales de cuatro patas no tardaron en juguetear por los alrededores de los cimientos de la nueva casa, pues quedaba de cara a la parte del jardín que más disfrutaban los xoloitzcuintles. Todas las mañanas llegaban a husmear en la obra, y esto era señal inmediata de que la señora Olmedo se acercaba.

Pronto los albañiles recogían la evidencia de que habían estado comiendo tacos de chicharrón con aguacate y de que se habían adelantado a su hora de comida. La patrona les saludaba, preguntaba cómo iban, qué tanto habían avanzado, si había problemas o qué necesitaban. Después de un rato se retiraba, y con ella sus perros, para visitar las demás partes de la obra.

En una ocasión Citlali se percató de que Pedro estaba ahí. Lo reconoció y permaneció observándolo. Él también se dio cuenta de quién se trataba, pero no supo si lo miraba con rechazo o rencor. Desde entonces ella iba cada día a vigilarlo. Al pasar tantos minutos se sentaba y lo veía salir una y otra vez, remover su mezcla con la pala en el pavimento, y acarrear tantos botes de ella como pudiera al ya perfilado interior de la construcción. Cuando ya habían pasado horas, Pedro volteaba y veía que Citlali ya estaba acostada en el mismo lugar y no paraba de verlo en ningún momento. No había cosa que la aburriera ni la hiciera quedarse dormida.

–¿No será que ya te vas a petatear mano? ¿No ves que dicen por ahí que los enterraban con su dueño para que los guiaran a la tierra de los muertos, el Mictlan, y les hicieran compañía así como en vida?–, le preguntó un compañero al percatarse de que Citlali no le despegaba la mirada a Pedro –pero no me hagas caso, yo nada más digo.

El resto de los xoloitzcuintles rondaban unos metros más allá de Citlali, revolcándose en el pasto, haciendo piruetas y maromas. Al transcurrir el día, ya cansados, se acostaban, unos solos, otros en grupo. Le impresionaba a Pedro cómo se trataban, se acariciaban a lengüetazos con un cariño que ni él demostraba a veces con su hija. Siempre había sido un hombre frío y no era muy común que realizará demasiadas señas de afecto, ni en público ni en privado.

Nunca llegó a imaginarse que un animal pudiera ser capaz de sentir como los humanos, que pudiera querer, extrañar o sufrir, y menos unos perros tan feos como esos. Pero a juzgar por las expresiones que había visto en ellos a lo largo de meses y meses, consideró que no estaban vacíos como creía, que tal vez no eran seres insignificantes que no merecieran ningún tipo de consideración.

Sin darse cuenta, el graznido de los patos y de los pavorreales se acomodo tanto a sus oídos que cuando ellos tomaban una siesta y no se les escuchaba, le parecía perturbador. A veces llegaban otras aves a descansar. Tomaban agua, comían frutos y si se les placía, se instalaban en algún hueco ellas y su nido. Tal había sido el caso de los patos, cuando una vez llegó una hembra y anidó a sus crías en un rincón del jardín y nunca más se fueron. ¡Ahora eran decenas!

Ya no albergaba la idea de que los perros tenían pulgas. Con los cuidados que les daban seguro estaban más sanos que él. Admitía que le parecían chistosos aunque al recordar su primer encuentro con Citlali todavía no podía evitar que le hirviera la sangre. A pesar de ello, silbaba contento porque sabía que ella lo escuchaba. Si una pared no le permitía verlo, sabía que estaba ahí gracias a sus chiflidos. Impensablemente se convirtieron en compañeros, unos compañeros que no se hablaban pero por alguna razón estaban unidos por un lazo invisible. Era una incógnita si llegaron a sentir un cariño el uno por el otro, o si era simplemente la costumbre de verse casi diario durante años.

△△△△△△△△△△△△△△△

Ya habían pasado aproximadamente tres años del inicio de la restauración, y los objetivos casi se completaban. Los trabajadores ya se habían acostumbrado y encariñado con su labor en el lugar. Había días buenos y días malos, pero en esos tiempos no importaba la situación, por toda la construcción funcionaban grabadoras con el "El Sirenito" de Rigo

Tovar, el mayor éxito musical de 1990.

La última gran noticia fue que Jacinto no volvió al trabajo. De todos los árboles y arbustos que había, los favoritos de los albañiles eran los limoneros. Los árboles de las manitas no eran tan familiares para ellos. Los guayabos de vez en cuando les abrían el apetito. Pero los limoneros venían a su mente cuando no se aguantaban las ganas de degustar un exquisito limón. Escogían los más grandes y jugosos para darle un sabor ácido a sus tacos.

La señora Dolores era lo suficientemente lista como para darse cuenta de que sus limoneros tenían más huecos conforme pasaban los días. Y aunque apreciaba mucho a todos los trabajadores, no permitió que pasaran por alto su autoridad.

Por casualidad, un día Jacinto no alcanzó ninguno de los limones que habían cortado sus compañeros y como no quiso quedarse sin el gusto fue a cortar unos. El hombre se acercó con toda confianza al árbol y buscó entre sus ramas el limón más maduro justo cuando Dolores Olmedo salió a regar sus plantas.

–No recuerdo haberlo contratado como jardinero. Ni darle permiso de estar aquí–, interrumpió la mujer antes de que cortara el segundo limón. –Ahora entrégueme lo que es mío y váyase que no quiero verlo más rondar ni en mi jardín ni en mi casa.

Jacinto no estaba seguro de si lo habían corrido o simplemente le habían llamado la atención. Pero él era un hombre orgulloso que siempre quería tener la razón. No le pareció que una mujer le dijera qué hacer.

–Yo no voy a dejar que esa seño me mande. Ni loco dejo que me vuelva a ver la cara. Mucho menos ningún bruto de esos de mis compañeros. Ya los escucho burlándose de mí–, se quejó con su esposa esa noche y no se volvió a presentar a la obra.

Un día en que Estrella regresaba de la escuela, siguiendo la instrucción de fijarse muy bien al cruzar las calles que su padre le repetía siempre, se topó con un cachorro mugroso, al que seguramente no le faltaban pulgas. Se inclinó para frotarle el pelo y éste pegó brincos de alegría, pues nadie se había atrevido a tocarlo en toda su vida de callejero. Las personas ni siquiera habían cruzado la mirada con él.

Un amor inmediato surgió entre los dos, y la niña decidió llevarlo a su casa. Calentó los pocos frijoles que tenía y los repartió por la mitad, para ella y su nuevo amigo. Pero la felicidad le duró poco, cuando su padre llegó y estableció que de ninguna manera un peludo metiche podría vivir en su morada. Estrella quiso suplicarle a Pedro que no corriera a su amigo, pero sus sollozos, cada vez más profundos, se lo impidieron. En cuanto volteó a ver al cachorro, arrinconado en una esquina por el miedo, sus ojos se le pusieron llorosos. Realmente le dolía pensar que Mechudo, así le había puesto por nombre, tendría que regresar a las calles, sin tener la seguridad de comer ni de dormir calientito.

Había una gran contradicción dentro de Pedro. Su experiencia con los xoloitzcuintles movió fibras en su interior, pero una parte de él se aferraba a su viejo yo, que no era capaz de amar al que era diferente, tan diferente a él. Su decisión fue indiscutible, no dejaría que un animal más entrara a su vida. Fue una noche de congoja para los tres. Al perro lo sacaron y se empapó como tantas veces bajo la lluvia, y la niña recibió gritos de su padre que la hicieron caer en llanto.

La mañana siguiente, el albañil salió a trabajar como lo indicaba la rutina, pero al salir de su casa encontró al perro, aún húmedo, enroscado junto a la puerta y temblado de frío. Verlo lo hizo salir enfurecido y resentido con su hija.

Estrella se levantó temprano y fue a conseguir algo

de comida para ambos. De regreso se encargó de bañar al cachorrito y de paso a sus pulgas. Era de pequeño tamaño con ojos miel y un pelo rasposo como zacate, pero su pelaje negro no dejaba relucir su aseo, únicamente lo delataba el olor a jabón zote.

En el trayecto a la escuela el perro caminó junto a Estrella. La jovencita tenía un inmenso dolor en el corazón porque no se quería separar de él, pero las órdenes de su papá eran claras. Ella sabía que tendría que decirle adiós ese mismo día. En el instante en que estaba a punto de llorar de nueva cuenta, una muchacha se acercó preguntándole si se trataba de su perrito pues de no ser así a ella le gustaría adoptarlo. Una luz iluminó la cara de Estrella al escuchar la proposición. Comprendió que se hallaría en mejores manos al lado de esa mujer, ya que aunque su papá quisiera al animal les sería muy difícil mantenerlo y procurar su bienestar.

Urgentemente la hija del albañil corrió a La Noria para darle la buena noticia a su papá de que el cachorro había conseguido hogar. No podía esperar ni un segundo pues eso le llenaba de gozo. Llegó al portón de la hacienda pero no se le permitió el acceso por instrucciones establecidas. Era tal la impaciencia de la niña que se le ocurrió subir por el cerro del Tzomolco, que significa cerro que se desgaja, a silbar como su padre le enseñó para que escuchara las buenas nuevas.

Fue trabajoso llegar a la cumbre para una criatura de su tamaño. Con unas gotas de sudor retomó el aliento, fisgoneó entre los árboles, esquivó ramas hasta que llegó al punto donde claramente se contemplaba la vieja y la nueva construcción. Estrella inició con el silbido. El aire lo condujo hacia diferentes direcciones, unas resonancias se perdieron entre el oxígeno y las hojas secas que caían a causa del otoño. A su vez, pizcas del sonido llegaron hasta los oídos de Citlali, que sin más reconoció la textura del chiflido. Alzó las orejas, fue como una alerta para ella.

En la cima, la niña se estiraba sobre una roca. Un incipiente desgaje provocó que la piedra titubeara. No pudo ella mantener el equilibrio más que por unos segundos, hasta que se balanceó cuesta abajo. Su destino hubiera sido otro si algún árbol la hubiera detenido, pero cayó del lado de una cañada. La misma piedra se precipitó junto con ella. Estrella tocó el fin del cerro y la piedra su rostro.

El impacto fue abrupto. No sólo recibió el golpe de la caída sino también el de la pesada roca. Quedó tendida, inconsciente y sin nadie que la auxiliara. Dentro de la hacienda Citlali aullaba y ladraba sin parar. Parecían ruidos desgarradores. Ni Pedro ni los demás albañiles notaron lo que sucedía. El alto volumen de su grabadora ensordecía los sonidos, sin dejar lugar a cualquier sospecha sobre lo que acababa de ocurrir.

Un charco de sangre se extendía alrededor de Estrella. El aire de aquel día ya había secado las orillas, puesto que pasaron más de diez minutos antes de que unos vecinos que iban pasando la encontraran.

Debido a la confianza y el cariño que la comunidad le guardaba a la señora Dolores Olmedo, no dudaron en llevar a la niña con ella. Sabían que siempre que lo necesitaban ella los apoyaba. En el camino se les sumó más gente, por lo que el borlote confundió a los vigilantes que no pudieron hacer nada para frenar su entrada.

Citlali se metió a la construcción en busca de Pedro. En cuanto lo vio lo jaló de la playera sin parar de emitir sus chillidos.

–¡No! ¡Suéltame perra cochina!–, le reclamaba, pero ella lo jalaba sin importar las rasgaduras que le hiciera a la tela.

Después de varios forcejeos, la xoloitzcuintle logró sacar al albañil. Entonces los vecinos ya venían cargando a su hija a más de la mitad del corredor empedrado. Al ver el barullo, se aproximó con la perra tras él. Se dio cuenta de quién se trataba y sintió una puñalada en el corazón al reconocer su cara. La niña se aferraba al último soplo de vida.

–¡Estrellaaaaaaaa!–, gritó desgarradoramente al tomarla en sus brazos.

Las fuerzas tan solo le alcanzaron para dar unos pasos momentos antes de caer de rodillas en el pasto del jardín de los xoloitzcuintles, donde la naturaleza se encontraba íntimamente ligada a la vida y a la creación humana, de manera que parecían confundirse. Las lágrimas que brotaban de sus ojos le nublaron la vista. Solo distinguía la silueta obscura de Citlali. Ojala su pequeña Estrella pudiera tener un xoloitzcuintle que la acompañase como su compañero y su guía en el camino hacia el Mictlan, pensó.